KB145523

내가 웃으니, 꽃도 웃더라

박진표 제5시집

웃음의 미학으로 희망을 전하는 시인

이른 아침, 하루의 일과를 시작하여 잠시의 쉼을 위해 커피 한 잔과 마주 앉았을 때 한 통의 반가운 전화를 받았다. 7월에 제5 시집 출간을 준비하고 있다며 추천사를 부탁한다는 박진표 시인이었다. 어느 날엔가 어렴풋이 들었던 기억이 있어 입가에 스르르 미소가 번졌다. 오랜 세월 서울지회에서 함께 활동하면서 보고 느낀 그의 모습은 다소 무뚝뚝해 보이는 듯 하나 그 과묵한 몸짓에서 우러나오는 조용한 미소 속에는 따뜻하고 다정한 마음을 가진, 나보다는 먼저 남을 배려할 줄 아는 상남자의 품격을 갖춘 소유자임을 알 수 있다.

박진표 시인은 따뜻한 감성과 섬세한 표현, 그리고 긍정적인 메시지를 통해 많은 독자에게 위안과 용기를 주는 시인이다.

박진표 시인의 제5 시집 "내가 웃으니, 꽃도 웃더라"는 내가 세상의 중심이자 삶의 주인으로 내 존재를 통하여 모든 것이 실행되고 이루어진다는 시적 철학과 정신을 통한 존재의 중요성과 자아실현의 이야기를 들려주고 있다.
나의 웃음이 꽃의 웃음이 된다는 시인의 발상은 '긍정'에 대한 은유로 내가 가지고 있는 자아에 대하여 시인은 '꿈속에서 만난 천사'로 변환하여 세상의 모든 일은 내가 주인으로 세상이 나에게 전하는 기쁨과 슬픔, 희망과 절망, 용기와 포기 등 일상의 감동과 인간관계의 미묘함을 포함한 모든 것이 나의 웃음이라는 큰 의제로 나의 의미와 가치를 전달하고 있다.
박진표 시인의 웃음이라는 긍정과 희망의 언어가 가지고 있는 "내가 웃으니, 꽃도 웃더라"는 큰 의제와 깊은 의미에도 불구하고 단순하고 평범한 언어를 조율하여 독자에게 쉽게 전달하고 있어 그의 시 작업에 대한 마음도 엿볼 수 있다.

자연의 아름다움과 일상의 감동을 섬세한 언어 표현을 통하여 따뜻한 위로와 긍정적인 에너지를 선사하여 어려움 속에서 희망을 찾고 싶거나, 삶의 아름다움을 다시 한번 발견하고 싶은 독자들에게 박진표 시인의 "내가 웃으니, 꽃도 웃더라" 시집을 기쁜 마음으로 추천하면서 제5 시집 출간을 진심으로 축하한다.

(사)창작문학예술인협의회 부이사장 김혜정

시인의 말

세상이라는
하얀 순백의 눈밭에
첫 발자국 찍어
나의 길을 만들고
아파도 좋을 만큼만
그 상처 안고 길을 걷는다.
어찌 좋은 일들만 있었겠는가.
길을 잃어 방황도 했고
짙은 외로움에 힘겨워도 했었지.
거친 날들이 지나고
돌아선 지난날의 시간들.
내 시의 청빈이
독자들의 마음으로 들어가
힘차게 노래하길 소망하며
세상을 품어 자유함을 얻는다.
오늘도 작은 가슴 열어 세상을 품어본다.

시인 박진표

* 목차 *

* 목차 *

* 목차 *

*** 목차 ***

QR코드 스마트폰으로 QR 코드를 스캔하면
시낭송을 감상할 수 있습니다

제목 : 그렇게 우리 살지요
시낭송 : 박영애

영상은 YouTube 정책 또는 운영 관리에 따라 삭제될 수도 있습니다.

시인은 자연을 이야기하고 시낭송가는 자연을 품었다
글자는 날개를 달아 언어로 날고 소리는 자연에 눕는다

내가 웃으니, 꽃도 웃더라

꿈속에서 만난 아기 천사들과
많은 얘기를 나누었습니다
뿌연 안갯속의 답답한 이야기들을
해명하며 따져도 보았습니다

설명하고 설득해 보아도
변하는 것 아무것도 없을 때
해맑은 동심이 빙그레 웃으며 말하였습니다

그대 힘들고 지쳐 답답하여도
포기 말고 끝까지 놓지 말아요
당신이 웃어야 꽃들이 웃어요
속살 내어주고 빈 껍데기만 남아도
빛이 내리고 그대라는 꽃잎이 물들면
이 세상의 아파했던 꽃들이
그대 따라 함께 웃지요

내가 웃어야 꽃들이 웃어요
내가 웃으니, 꽃도 웃었습니다

그렇게 우리 살지요

어제와 이별하고
오늘을 선물 받아
다시 못 올
아름다운 이 시간을
이렇게 그렇게 살지요

지우고 싶은
선명해지는 박힌 가시
아픈 상처가 있어도
그 가시 하나씩 뽑으며
밝은 내일을 그리지요

모든 기억과 흔적들
앞으로 살아갈 여정
삶의 무거움과
죽음의 가벼움 사이에서
그대 무엇을 배우고 얻었나요

바람 같은 시간은
삶의 무거움을 알아가게 하고
퍼붓는 빗속에서
가볍게 죽음을 내려놓는
지혜롭게 춤추는 자유로운 너와 나 우리
어둠을 더듬어 살아있는 이 순간을 감사하지요
어둠 속에 빛나는 살아있는 이 순간을 감사하지요

제목 : 그렇게 우리 살지요
시낭송 : 박영애
스마트폰으로 QR 코드를 스캔하면
시낭송을 감상할 수 있습니다

소풍

하늘
바람
꽃들의 노랫소리 들으며

가슴 한켠에
희망 한 방울 퐁당
마음에 꿈이 퍼진다

시린 가슴으로
하루를 품고
오늘도 열심히
희망 엮어가야지

봄바람 무르익어
토실토실 살찌고

나는
아이처럼 설레는 마음으로
하루의 소풍을 간다

다가오는 모든 일들아
나의 두 눈과 가슴에
포근히 들어와 안기어라
내가 꼬오옥 안아주게

우리 오늘도 정말 행복하자

허락된 내일

구름이 떠돌고
바람이 오고
추억이 그립고
숨겨진 행복
보물 찾는
고마운 하루하루

허락된 지금 이 순간 오늘

해 질 녘 나의 수고한 그림자
오늘따라 더 소중히 다가온다

째깍째깍 시간 열차
쉬지 않고 달리고

가만히 들여다보면
풀잎과 들꽃들의 노래가 정겹다

삶은 흥정하지 않는 것
불평하지 말고 삶의 노래 불러라
오늘처럼 내일도 나를 찾아오시게

내일이 허락됨이 그래서 감사하다

삶

호기심으로
설레임으로
맑은 마음으로
하루를 살려 한다

그리 녹록지 않은 하루지만
지금 이 하루
이 시간이 한없이 감사하다

당연하지 않는
오늘이라는 선물이
값없이 이렇게 주어졌으니
분명 축복이리라

여행

나는 늘
나에게로 여행을 합니다
마음속 작은 꽃밭 만들어
희망도 키우고
격려와 용기의 물 뿌려서
아픔의 병 치료도 하고
꽃과 벌 나비 불러
나에게 재롱잔치
가끔 보여줍니다
꽃의 모양과 향기가 다르듯
사람마다 가슴에 키우는 꽃
향기와 얼굴이 다르답니다
끝이 어딘지 모를
언제 어디서 어떻게
그 여행 끝날지 그것은
우리들 몫이 아닌 하늘의 몫
뽐내지 않고
고개 숙여 겸손하게 낮아져
그렇게 살겠습니다
하늘을 우러러
한 점 부끄럼 없이 살려고 한
시인의 마음을 헤아려 봅니다
나는 늘
나에게로 여행을 떠납니다

씨앗

작은 몸에
큰 생명 품고 있는
희망의 기운아

태고부터 지금까지
이어지고 이어져
꿈 덩어리 되었구나

땅이 너를 품고
비와 바람
햇살과 농부의 땀 먹고

뾰족뾰족 얼굴 내밀어
쑥쑥 크거라

땅속에서 못다 한 이야기
하늘과 별
산과 바다
바람과 구름에게
소곤소곤 들려주렴

세상 구경 실컷 하고
너 닮은 착한 씨앗
이쁘게 낳거라

여름이 오는 소리

삶에 지친
등이 굽은 하루가

꼬부랑 할멈 되어
고단한 몸 쉴 곳을 찾는

같은 오늘이지만
어제였고 또 내일이 될 오늘

자유로운 바람이
한없이 부럽기만 하다

허기진 영혼이 먼지처럼 떠돌 때
그곳에도 희망은 피고 있겠지

가는 4월이 아쉬워
라일락 향기가 앙탈을 부린다

바람이 전해 주는
가까이 오고 있는
여름의 발자국 소리가

벌써부터 등과 이마에
땀을 타고 내린다

급한 여름이
벌써 와 투정을 한다

계단

한 걸음
한 걸음
한 계단
한 계단
천천히 계단을 밟습니다

오르고 오르다 보면
꿈꾸는 행복이
웃으며 반겨주리라 믿으며
한 걸음 한 걸음 내딛습니다

바람이 불면
날개를 꿈꾸고

꽃이 피면
향기를 그리워합니다

보이지 않는
그 무엇을 희망하고 그리워하며

저기 저 너머에 있는
아련히 떠오르는 초록의 꿈

뒤에 오는
사랑하는 나의 사람아
그대들 아프거나 힘들지 않게
이 계단
내가 뽀드득 뽀드득 닦아 놓을게

보고픈 별

예전엔
밤 하늘의 별
헤아릴 수 없을 만큼
너무나 많이 떠

그 별 이불 삼아 덮고 잤는데
가출한 별이 돌아오지 않는다

보고픈 그리운 별아
많이 많이 미안하구나

어디서 울고 있니?
네가 많이 보고 싶구나

언제쯤 예전으로 돌아갈 수 있을까
세상이 너무 많이 변해 버렸어
우리들의 맑고 이쁜 마음까지도

오늘 밤은 너와 함께
높고 푸른 하늘 마음껏 뛰놀며
네 품에서 자는 꿈을 꾸고 싶구나

마음의 별까지 잃지 않게
가슴에 꼬오옥 품고 잘 거야

추억 여행

시간이 흐르고
이마에 세월의 이랑이 파이고

그리운 추억의 샘물이
뾰족뾰족 싹을 틔우면

나는
잠시 여행을 떠난다

가장 인간적인
사람 냄새나는 나를 찾아서

회귀하는 연어처럼

울지 않는 꽃

피지 않아도 울지 않는
그런 꽃으로 살고 싶다
작은 가슴 따뜻하게 데우고
소리 없이 낮은 소리 들으며
속으로 속으로 꽃 피우고 열매 맺는
울지 않는 그런 꽃으로 삶을 노래하는
낮은 꽃 숨은 꽃이 되고 싶다

아플 땐

우리가 아플 땐
몸과 마음
어느 쪽이 더 아플까

덜 아픈 쪽
더 아픈 쪽
위로하고 보듬어라

이담에 분명
그 처지 바뀔 수 있으니

세상 일도 그러하리라

달력

1년 365일
봄, 여름, 가을, 겨울
열두 달을 품에 안고

4계절 고이 심어
희, 노, 애, 락
손님들 드나드는
마법 같은 상자야

양파처럼 한 꺼풀 한 꺼풀
조심스레 벗기어
너와 나 숨바꼭질하며

희망과 행복의 보물찾기
해와 달 별 가는 줄 모르고
시간과 세월이 달린다

올 한 해도
아이처럼 꿈꾸고
새처럼 훨훨 날자
신비로운 하얀 미소야

어버이날

낳으시고 기르시고
숨결처럼 한결같은
어버이 은혜여

그 사랑
다 갚을 순 없어도
나의 피와 살
그 사랑 기억합니다

푸른 5월의 하늘은
인자한 당신의 얼굴입니다
건강하세요
사랑합니다

만족

거북이 같은 하루가
토끼처럼 뛰어와
저물어 가는 오늘

최선을 다했기에
그리 아쉽지만은 않다

보일 수도 보여져 서도 안되는
정직한 나의 하루
혼자만의 성스런 의식

무엇을 위하여
누굴 위하여
무엇 때문이 아닌

나만의 노래를 부르는
정직한 내가 되자

피가 붉은 건
뜨겁게 심장을 태우라는
우리 몸 세포들의 아우성

나를 배신하는
꼭두각시는 되지 않으리라

깊어가는 어둠은
그래서 편안하고 두렵지 않다
내일 꿈은 내일 꿔야지

새싹

희망이 움튼다
하늘과 바람
햇살의 품 안에서
너는 연초록 희망으로
벌써 가을을 얘기한다
아침 이슬 오시는 그곳에
곱게 곱게 피어 있거라
이쁜 내 새끼 초록의 노래야

마음의 별들아

마음이 우울할 땐
별을 찾는다

하늘의 별처럼
마음의 초록 별을

반짝반짝 빛나는
생각의 꼬리들

개똥벌레 반딧불이
초롱초롱 춤춘다

빛나라 노래하라
마음의 별들아

어둠의 생각들
피어나지 못하도록

돛단배

푸른 물결
잔잔한 위로
낙엽 되어
바다를 꿈꾼다
행여
가다가 지치면
물안개 되어
쉬어 가거라

투사

유혹과 인내가
가끔 씨름을 한다
이길까
아님 눈 딱 감고 져 줄까
나이가 들어도 갈등은 늘 푸른 청년
얄밉게 늙지도 않는다
오늘도 나는 그 갈등 속에서
열심히 싸운 투사가 된다
나를 지키는 내가 되어야지

행복은 따뜻한 사람을 찾아간다

바람이 불고
꽃비가 내리는
5월의 햇살 아래

따뜻한 사람을 찾아서
행복이 서성인다

오가는 저 많은 사람들 중에
식지 않은 가슴 안고

곱고 이쁘게 살아가는
아름다운 풀잎 같은 이슬들
따스한 심장의 소리를 찾는다

낮은 음으로
따뜻하게 노래하는
그런 우리가 되자
행복은 따뜻한 사람을 찾아다닌다

사탕

달달한 사탕
한입에 털어놓고
입속에서 달콤한
사랑을 한다

둥글게 둥글게
지구가 돌듯
달콤한 희망이 구른다
향긋한 미소가 넘친다

우주의 달달한 지구야
하늘을 품고 바다를 안고
땅을 토닥이는
너도 달콤한 사탕

우리 함께 가자
우리 함께 웃자
우리 함께 행복하자

너를 가슴에서 굴리는
나는 축복의 사람
지구는 달콤한 사탕
동글동글 하얀 미소

위하여

벤치에 앉아
방긋방긋 미소 짓는
도시의 바람
가로수의 속삭임
잠시 엿보는 호사를 누린다

이곳에서도 희망은 피어나고
모두들
각자의 방식대로
행복을 농사짓겠지

내속의 심장은
월급도 받지 않고
나를 위하여
끊임없이 일해주니
한없이 미안하고 감사한 일

앞만 보고 달리지 말고
가끔은 조용히
낮은 곳도 살펴야겠다

나를 위하여 존재하고
나를 위하여
침묵으로 일해주는
세상과 소중한 작은
낮은 것들을 위하여

기적

기적은 있는 것일까
칼바람 불어오면
멍든 가슴 핏기가 숨는다

기다림의 망부석은
해지는 줄 모르고
해 뜰 날 사모하고

억센 칼바람
가슴에 조용히 앉으면
그 바람 겸허하게
온몸으로 받아들인다

이것 또한 운명이라면
분명
이유가 있으리라

로또를 꿈꾸는
내가 아니어서 좋다
땀 없는 대박은
정녕 없을 테니까

갈증

목이 탄다
땅구멍 하나하나
숨이 탁탁 막히는
하루하루 순간순간

거북등처럼
쩍쩍 갈라진
메마른 영혼이
한 방울의 희망을 찾아
샘물을 판다

오늘은 바람조차
아프다 말한다

가슴에 흐르는
물길을 찾자

힘차게 솟아나는
희망의
맑고 깨끗한
샘물을 퍼올리자

존엄

인간의 존엄은
맑은 영혼에서
태어난다

살아 있어도
죽은 영혼
죽어서도 산 영혼

깊은 내면의
벌거벗은
알몸의 숨소리가
존엄의 원천

치장하거나
뽐내지 않아도
존엄의 가치는
결코 변하지 않는다

진실된 뜨거운 피로
인간의 존엄
따스히 안고 살자

양념

양념 같은 사람이 되어라

주연이 아닌 조연
화려하거나 뽐내지 않아도
없으면 안 되는 감칠맛이 되어라

혼자가 아닌
더불어 함께할 때
비로소 행복해지는 것
그런 건강한 삶을 살아라

영원할 수 없기에
지금 이 순간 마지막처럼
활활 뜨겁게 타오르는 불꽃같이
뜨겁게 살아보자

보이지 않는
소중한 존재가 되자
그리운 보고픈 사람이 되자
양념 같은 우리가 되자

손길

받은 마음 위에
주는 사랑 덮어지면
행복이 피어난다

사소한 감사한 일들이
기쁨과 희망을 싹 틔우고

파도가 일어서
바다를 먹인다

그 무언가의 손길이
그 누군가의 지친 마음
안아주고 보듬을 때

세상은 이뻐지고
삶의 구겨진 주름살

방긋방긋 웃으며
아침 이슬 되어
희망을 깨운다

새색시 5월

꽃잎 활짝
바람 상큼
햇살 따스하게
새들은 재잘재잘
나비는 훨훨
모두들 맡은 책임
그 소임을 다하는
5월의
푸르고 싱그런 날들이
한없이 이쁘다
우리도 이처럼
곱고 이쁘면 좋겠네

개구쟁이 여름

또각또각 또각또각
초록의 구두 신고
여름이 오는 소리

누가 큰가 키재기하며
새싹들이 나무들이
이름 모를 들꽃들
풀꽃들이 자란다

따스한 산들바람
하품하며 낮잠 자는
성질 급한 여름이
자꾸만 5월을 밀어낸다

말없이
그 약속 지키는 자연은
어김없이 여름 손잡고
우리 곁을 찾아온다

여름이 오고 있다
뛰어서 오고 있는
성급한 개구쟁이 여름아

샛별

저녁노을
어둠 속으로

꽃바람 타고
달님 품에 안기면

마음의 별
가슴에서 나와
밤 하늘
샛별이 된다

아름다운 세상
감사히 호흡하며
꿈꿀 수 있도록

오늘도 쉼 하며
하루를 토닥인다

오늘이라는 차 한잔

미워할 수 없는
그런 오늘이라면

나는
알몸으로 안고 살겠습니다

새벽 시장
그 치열한 삶의
고독한 현장처럼

새벽을 깨우고
아침을 여는
성스런 하루 오늘

나의
미래가 녹아 있는
따뜻한 차 한잔
오늘을 마십니다

고장난 마음

삐뚤어진 마음들이 참 많다
아마 마음이 고장나 정상이 아니라 그러겠지?
타인과 상대에게 상처 주는 사람들

슬픈 줄 모르고 살아가는 슬픔이
더 가엾고 안타깝고 슬프듯

고장난 마음으로 삐뚤삐뚤 살아가는
가여운 영혼들이 더 마음을 아프게 한다

무엇이 정답이다 말할 수는 없지만
정직하게 꿈꾸며 살아가는
소박한 사람들 아프게는 하지 말자
푸른 하늘 보며 꿈꾸며 살 수 있게

그래도 아름다운 세상
희망이란 두 글자 가슴에 심어 놓고
푸르고 높은 하늘 이쁘게 닮아
우리 되어 함께 행복하게 살아야지

휴식

새벽에 깨어난 하루가
분주히 움직여
열심히 일한 오늘

내 몸의 세포들
내가 사랑하는 사람들
나를 사랑하는 모든 이
한없이 고맙고 고맙다

평범한 이 일상의 일들
알고 보면
고마운 선물이자 축복이지

하루를 정리하며
나는
무탈하게 오늘 살아주고 이겨낸
꿀벌 같은 나에게
사랑의 편지를 쓴다

밤하늘의 별과 달
나를 토닥이고 감싸 안으면
하루의 짐 내려놓고
오늘의 화장을 지운다
비로소 내가 된다

삶의 노래

바람이 분다면
바람이 되고
천둥이 친다면
우뢰 같은
천둥이 되겠습니다

상처가 울어도
누군가는 말없이
꽃 피고 열매 맺는

아름답고 소중한
미워할 수 없는
우리들 삶의 노래여

오늘의 하루

몽실몽실 뭉게구름
하늘 바람 데려와

어둑어둑 땅거미 드리우면
일 나간 오늘이 집으로 온다

보글보글 기쁨 맛있게 끓여 놓고
모락모락 희망 한 그릇 퍼 놓고

감사한 마음으로 즐겁게 저녁 식사
마음의 평화가 찾아오신다

찌개 하나 밥 한 그릇
그래도 부러울 것 하나 없는
소박한 밥상에 행복이 웃는다

그윽한 향기
꽃차 한 잔 마시면
오늘의 시름 어느새 사라져

밀레의 저녁 종
감사가 울린다
별이 쏟아져 가슴을 적신다

차갑게 살지 말고 따스하게 살아가자

삶과 죽음은
따스함과 차가움

받음과 베품은
욕심과 넉넉함

증오와 사랑은
불행과 행복

참과 거짓은
희망과 절망

우리는 늘
이런 숙제들
선택을 하며

매일매일 순간순간
갈등하며 살아간다

꽃그늘 아래는 향기롭지만
어둠은 앞이 보이지 않는
끝없는 두려움만 남길 뿐

우리
차갑게 살지 말고
따스하게 살아가자

어른 아가야

아가야
아가야
어른 아가야

어른이 되어도
꿈을 꾸어라

익어가는 세월 속에
탐스런 행복
상처입지 않게
아파하지 않도록

생각 그리고 바램

살면서 많은 생각을 합니다
좀 더 나다운 나
수많은 인연들 속에서

천둥과 바람
어둠과 밝음
악마의 음탕한 눈빛과
천사의 따스한 미소를
만나고 또 이별합니다

한평생 속에서
반평생 고개를 넘어서도
나는 아직도
어른이 되기 싫은 가 봅니다

눈물이 나면 맑은 눈물을 흘리고
아프면 응석 부리며 위로받고 싶은
가끔은 아이 같은 어른이 되고 싶습니다

태어나 나를 만나고
내가 나를 알아가고
떠날 땐 나와 기쁜 이별을 하는
그런 소중한 나를 아끼고 사랑하는
그런 나 이고 싶습니다

참선

마음이 흔들릴 때
나는 참선을 한다

두 눈이 아닌
마음의 눈으로
나를 바라보고
세상을 본다

마음이 나를 품고
내가 내 마음을 품는
나와 내 마음의 만남

나를 버리고 비우면
고요 속의 내가 빙그레 웃어주는
나의 마음은 또 다른 나의 스승

나를 품어주고
끝까지 나를 지켜 줄 마음아

너에게 안기어
나는 하루를 시작하고
희망을 키우고 행복을 채운다

내려놓으면
새로운 것이 보인다

꿈 사공

무엇을 할 것인가
무엇이 될 것인가
어떻게 할 것인가
어떻게 될 것인가

힘들다
아프다
고민하지 말고

지금 이 순간
후회 없는 최선으로
그런 삶을 살아가자

시간은 멈추지 못하고
물은 위에서 아래로 흘러
반드시 바다의 품에 안긴다

상념의 깊은 바다에서
은하수 푸른 하늘 꿈꾸는
나는 희망 젓는 꿈 사공

그러니?

힘드니?
속상하니?
쉬고 싶니?
많이 아프니?
괴롭니?
울고 싶니?
그립고 보고프니?

이 모든 것

그래도 보듬고 함께 해야 할
다 같은 형제니
그래도 사랑하거라

너는 그 속에서 태어난 거야

이겨내며 살고 바위처럼 살거라
칼바람 불어도 넌 분명 이겨낼 거야

상처

바람이 불어와
아픈 상처를 때린다

아파도 웃으며
속으로 눈물 흘리는 눈물
더 많이 아프겠지

나는
그런 나를
한없이 사랑한다

평탄하지 않은
질곡의 삶 속에서
뜨거운 태양
가슴에 품을 수 있는

상처는
미움이 아닌
아픈 손가락

또 다른 희망
씩씩하게 상처를 품는다

혼돈

하늘을 봐
바람도
구름도
달도
별도
뜨거운 태양도
자연 속에서

다 한 식구 되어
우리들
이렇게 사랑하고
보듬으며 치유시켜 주는데

그 많은 것
다 누리면서도
우린 아프고 힘들다 하잖아

왜일까
무엇이 잘못된 것일까

자꾸만 혼돈이 온다

들꽃의 자존심

사랑받지 못하는 꽃들도
하늘 위 햇살은
공평하게 받으니
가슴이 뜨거워집니다

맑은 삶
묵언의 수행으로
도도한 자존심
지켜가며 살 수 있음은

내가 나를 지키기 위한
마지막 나와의 약속
지키기 위함입니다

하늘을 하늘이라 부르고
땅을 땅이라 부르며
그렇게 살고 싶습니다

그렇게 나 이고 싶습니다

엄마 냄새

이슬 맞은 새벽이
잠든 하루 깨우고

오늘과 하루
세월 속 꽃단장하고
이 아침 엽니다

오늘은 어떤 선물 보따리
우리를 설레게 할까요

눈부시게 찬란한
오늘 아니어도 좋으니

햇살 한 줌 가슴에 품고
메마른 영혼 적셔 줄
엄마의 사랑 냄새
허락되었음 좋겠습니다

눈을 감고 마음 열고 따스한 옷 입고

눈으로 보다가
마음으로 세상 보니

어쩌면 이렇게
따스하게 다가올까

눈을 감고
마음을 열고 보니

그래도
우리 사는 세상
눈물 나게 곱더라

바라보는 것만이
모두가 아니듯

나는 오늘도
진실을 배움하고
따스함을 옷 입는다

그래
그렇게 살아가자

오늘 행복하자

창문으로 들어오는
아침 햇살의 미소가

잠꾸러기 하루
토닥토닥 깨우고

어제와 다른
또 다른 새로운 오늘
희망을 펴 올리자

근심과 걱정은
두려움의 도피처

새로운 마음으로
처음 첫사랑
뜨거운 도전과 각오
다시 출발이다

아파하지 말고
두려워 말고

우리 모두 행복하자
우리 오늘 행복하자

순서가 바뀐 거야

고생하며 사는 것이
불행일까 행복일까

아니야 아니야
그것은 오해야

누구나 공평하게
똑같이 오는 것

처음이 나중이고
나중이 처음이듯

순서가 바뀐 거야
슬퍼할 필요 없어

세월은
우리들을 익어가게 만들고
강물은 바다로 흘러가
지구 별 젖 물리지

뜨거운 꿈이
가슴에서 타오르면
하늘 꽃 웃음이
행복하게 웃는 거야

그리움의 나이테

세월의 나이테
그리움도 깊이 새겨

파랗게 시린 하늘
잠꾸러기 게으름
가랑잎에 띄우고

그리움 한 조각
게으른 여름
토닥이며 품는다

세월은 쉼 없이 흐르고
하루 이틀 하나 둘
시간이 익는다

그리움의 나이테
속으로 속으로 추억을 새긴다
왜 이리 저 하늘은 시리도록 푸를까

나뭇잎 두레박

누군가 아파했기에
누군가 이겨냈기에

오늘의 우리
그 열매 값없이 먹습니다

가파른 삶의 언덕
오르고 올라
삶의 참된 호연지기 배우고

겸손한 마음 내려놓고 비우는
낮은 꽃 숨은 꽃들을 배움 합니다

이렇게 배움의 길에서
마음의 어두운 먹구름 걷어내고

싱그럽고 맑은
초롱초롱 아침 이슬

가슴에서 퍼 올리는
희망의 나뭇잎
두레박 되고픕니다

우는 거야?

형아야 우는 거야?
아니
눈에 티끌이 들어갔나 봐

오빠야 정말 안 우는 거지?
그래
햇살에 눈이 부셔
눈물이 나오는가 봐

엉아야 안 우는 거지?
그래
그래

바람이 아기 구름
아장아장 걸음마 시켜

마음이 따뜻해져
시린 가슴 샘물 퍼 올리는 거야

두둥실 흰 구름
아기 구름 풍선 되어
저렇게 함께 다정히 춤추고 있잖아

참 보기 좋다
참 이쁘다
참 편안하다
그치?

하늘은

하늘에서
바람이 파도를 탄다

뚫려 있는 하늘은
엄마의 바다
아버지의 땅

부귀영화 좋다 한들
이보다 좋겠는가

모든 것 품어주고
함께 아파하는

하늘은
하늘은
꿈의 바다
희망의 놀이터
바람의 고향

희망 젖

길 잃은 어둠이
달빛에 그 길을 찾아
뚜벅뚜벅 집으로 가고

깊어가는 초여름 밤
하나 둘
떨어지는 유성을 받아
어둠을 밝힌다

누구 하나 돌보는 이 없지만
대자연의 순환 고리 말없이 돌아가고

지구촌 곳곳에는
아름다운 숨은 꽃들
아픈 지구
토닥이며 자장가 불러주고
희망 젖 물려주겠지

상처 입고 아파도
그 젖 먹고 힘 얻어
우리도
아름다운 숨은 꽃 되자
희망을 나누자

그리 살고 싶다

꽃잎으로 살고 싶다
바람 따라 훨훨
시들어 향기 사라져도
가슴에 스며들어
마음에서 피고 지고 또 피고 지고

들꽃으로 살고 싶다
아무도 찾는 이 없어도
꽃 피울 수 있음에 행복한
가난한 꽃이어도 좋다

산과 들
가난한 마음에서 피고 지는
외로워도 슬퍼도 행복한
저 하늘 이 땅 위에서
숨 쉬고 호흡하는 낮은 노래여도
그리 살고 싶다

바람 타고 훨훨
자유롭게 날고 싶은 꽃 한 송이
햇살 한 줌 있으면 이리도 행복한데
더 이상 욕심은 나에겐 넘치는 사치
우리 그리 그렇게 살자

침묵의 자장가

밤 하늘
별이 흐르고
침묵의 고요는
어둠의 이불 덮어
새벽을 껴안고
자장가 불러주며
하루를 토닥여 잠을 재운다

말 없는 교감과 품어줌이
우리가 늘 그리워하는
엄마의 품 속처럼 따뜻하다

내일을 위한 오늘의 이 안식이
성스럽고 고마운 자장가 소리에
하루를 잠들게 한다
뽀송뽀송 목욕한 마음이
편안히 꿈속을 달린다
쌔근쌔근 아기 천사가 된다

미숫가루

여러 가지 곡식들
알알이 영글어
사이좋게 얼싸안고

서로 합방하여 하나가 되어
허기를 달래고 뱃속을 채워주네

함께하는 공동체
서로의 마음 하나가 되어

주린 이 행복하고 배부르게 하듯이
우리가 되어 한목소리 낼 수 있는
그런 너와 나 되자

잘나고 못남 없이
그렇게
그렇게
어울림 속에서
합창하며 살아가자

불멸의 전사

바람이 분다고
아픔까지 날아가는 것은 아니겠지

가슴 한구석
괴로운 아픔이
숨죽여 울고 있는데

아무것도 해 줄 수 없는 나
그 아픔 토닥여 줄 뿐
바람을 맞는다

그리운 추억들
양파처럼 하나씩 벗기며
희망을 찾고 꿈을 꺼내어
다시 일어서는 용기를 얻는다

매일매일 순간순간
나 자신과의 전투에서
나는
불멸의 전사가 되어
오늘을 지킨다
꿈을 키운다

소나기

맑은 대낮에
갑자기 먹구름
소나기 손잡고 온다

애가 타는 마음
마음 한 조각 적시라
하늘의 생명 주신다

잠깐 내려오시는 손님이지만
왜 이리 고맙고 가슴 시릴까

한 방울의 물조차
생명수로 내려주시는
그대는 누구입니까

생명 그 축복

세상 그 무엇도
세상 그 어떤 것들도
가장 낮은 곳에서
가장 높은 곳까지
살아 숨 쉬고 호흡하는
세상 모든 생명은
존엄하고 숭고하다
사랑을 주고
사랑을 받고
행복을 찾으며
따사로운 축복 누리자
우리가 살면서
결코 잊어서는 안 될
영혼의 울림
희망의 싹
귀하고 소중한 축복의 선물

바다 여행

바람이 불어와
파도를 씻기고

순결한 파도 타고
바다 여행 떠난다

욕심 많은 사람들
꿈 잃은 가여운 영혼들
이 파도에
푸른 꿈 다시 찾으면 좋겠네

파도야 바다야
아프지 말아라
꿈 실은 조각배
두둥실 춤추게

너의 넓은 가슴
깊고 푸른 마음
누구나 와서
쉬어갈 수 있도록
길들여지지 않는
자유인으로 살게

오누이

어린 오빠
어린 여동생
고사리 손으로

꼬오옥 감싸 안고
업고 가는 그 모습

입가에 미소가 번진다
마음이 따뜻해진다

저 순수하고 맑은
너희가 바로 천사로구나

그 순수하고 맑은 그림
내 마음 씻어주고 안아주니
좋은 선물 받은 고마운 오늘

아이야
지금 그 마음
지금 그 모습
잊지 말고 잘 가슴에 담아두렴

이담에
너희들 자라 어른 되어
힘들고 지칠 때 쉼 하고
가슴에서 꺼내볼 수 있도록

마음과 바람

마음을 그리려다
바람을 그립니다

하얀 마음 되려고
바람이 되어 봅니다

마음도
바람도
하늘의 따스한 품에서
포근히 안기어 놉니다

마음이 바람 되고
바람이 마음 되어
오늘도 그렇게
이쁘게
예쁘게 살았습니다

껍질

껍질 속에서
바라보는 세상은
늘 좁고 답답하다
하늘은 저렇게
높고 푸르른데
땅은 이렇게
인자하고 포근한데
번뇌와 갈등
두려움과 안개의 그림자
자꾸만 껍질 속에
나를 가두려 한다
어서
파랑새 날아오면
사뿐히 타고서
자유롭게 날아봐야지
저 높고 푸른 창공을

투쟁

치열한 삶의 전쟁터에서
꿈을 꾸고 이루기 위하여
투사가 된다
넘어지고 일어나고
또 넘어지고 일어나고
승패는 무의미한 것
아무도 모르는
내 속의 나와 끊임없는
전투는 현재 진행형
속울음 참고
애써 태연하게 웃고 있는
내가 나에게
한없이 고맙다

초록의 가르침

풀 내음 맡으면
초록의 소리가 들린다
초록의 웃음소리 들린다

그 싱그런 희망의 노래
나의 심장을 뛰게 하고

가녀린 풀잎
태풍이 와도
피하지 않고 당당히 맞서

견디고 비굴하지 않는
그 기백을 배움 한다

화려하지 않아도
늘 푸르게 노래하고 투정 없는
행복한 너를 닮고 싶어라
언제쯤 내 마음도 초록의 희망 될까

느리게 쉼 없이

쉬지 말고 천천히 가자
느리게 간다고
크게 바뀌는 건 없을 테니까

한 걸음 한 걸음
뚜벅뚜벅 쉼 없이 가다 보면

막힌 길도 뚫리고
뿌우연 안개도
연기처럼 사라지겠지

가녀린 풀잎도
태풍과 억센 칼바람 견뎌내니
공평하고 따뜻한 세상

정정당당
정직한 땀으로
삶의 밥 먹어야지

막걸리

오늘처럼 비가 오면
생각나는 친구

하얀 쌀 누룩이 어우러져
곡주라 했던가

민초들의 설움과 삶의 애환
고스란히 녹아 있는
순백의 노래야

지글지글 부침개 벗 삼아
꿀꺽꿀꺽 너를 마셔
시름을 잊는다

막걸리 한 사발에
희망이 익는다
꿈이 춤춘다
가장 인간적인 내가 된다

눈망울

가끔은
내가 나를
가슴에 안고
흐느껴 웁니다

가슴의 별들이
모이고 모여서
그리움 만들고

수많은
무수한 희망과 꿈들

그리워할 수 있는
모든 것 그리워하며

희망의 배부른 욕심
마음껏 가져봅니다

가장 낮은 곳
순수한 마음의 소리로

초롱초롱 맑은
아이의 눈망울이고 싶습니다
그런 내가 되고 싶습니다
세상 더러운 모든 것 씻어내는...

달빛 추억

가로등 불빛이
하나 둘 눈을 뜨면

다가서면 멀어지고
멀어지면 다시 다가오는
개구쟁이 추억아

언제나 그리움 타고서
살며시 내게로 왔었지

달빛에 별님들
덩실덩실 춤추며
추억을 앉혀 놓고
재롱을 부린다

쏟아지는 무더위
비처럼 맞으며
강해지고 커지는
기다림의 세월아

달빛은 추억을
오늘도 품는다

의자

오고
가는
길손아

오면서
가면서
무거운 짐
잠시 내려놓고

나에게 기대
잠시 쉬어가렴

등 기대어
하늘 한번 쳐다보고
밟고 있는 대지의
숨소리 느껴 보아라

때 묻고 먼지 낀
지치고 곤한 마음
쉼을 얻어라
자유를 누려라

비야

비야
성내지 말고
아프지 않게 내려라

사모하는 마음
은혜하는 그 마음
파란 하늘 비 되어
대지를 적셔라

또르륵 또르륵
금방울 은방울
축복이 내린다

아버지의 강에서
엄마의 바다로
흐르고 흘러

상처 입고 아파하는
귀하고 소중한 생명
친구가 되어라
희망이 되거라

자연에게

먹구름 드리우고
거세지는 바람 보니
비가 오려나 보다

아픔으로도
기쁨으로도
다가오고 떠나갈 님

자연의 섭리대로
노래하고 가소서

가르침

풀벌레 소리조차
허락하지 않는
한여름 밤의
숨 막히는 무더위가
모진 삶을
배움 하라 가르친다
견디고 버텨내어
극복하여 승리하라고

감사 또 감사

엄마의 바다
아버지의 땅이여

생명 고이 품은
젖가슴 내주시어

오늘 하루
감사한 맘
그득합니다

살갑게 다가오는
고운 꿈들이

오늘도
서럽도록 눈부시게
곱게곱게 피었습니다

아침부터 저녁까지

바람처럼 스쳐가는
저 많은 사람들

오늘은
어떤 꿈 꾸며
하루를 농사지을까

오늘따라
매미의 애타는 울음소리
가슴을 울린다

하루는
내일의
그리운 그리움과 추억
개미처럼 만들어 가고

열심히
수고한 오늘
그림자와 함께
노을이 간다
노을이 익는다

푸른 꿈아

홀로
내가 되어
고독을 즐기며

뜨거운 마음으로
쪽빛 바다

눈이 부시게
푸른 파도를 타고

무지개 넘어
방긋방긋 웃고 있는
푸른 꿈아

사모하는 마음으로
두 손 모아 기도합니다

할 수만 있다면
급행열차 타고 오소서

연리지 신랑 각시

이고 진
삶의 무게
저마다 다르지만

솜털 같은 마음으로
가볍게 하루를 맞이한다

하루를 등에 업고
오늘의 언덕 오르다 보면

오늘과 내일
연리지 되어
마주하는 신랑 각시

조용히
들여다보니

환하게 웃고 있는
내일을 안고 있구나

그리움 꽃잎 되어

그리움 자라면
꽃이 될까

가슴에 그리움
서럽게 피어오르면

이 그리움
어디서 오시는 것일까

그리움 꽃잎 되어
바람 타고 오신다

나는
그리움 꽃잎 모아
가슴에 묻는다

이담에
꽃잎 타고
행복에게 날아가
포근히 안기게

나에겐 사치, 촛불이 되자

미움
원망
아픔은
나에겐 사치

상처로
고통으로
괴로움으로
아파하고 싶지는 않다

흐르게 두자
흘러가게 놔두자

파도에 씻기고
바람에 날리고
상처 입고 아파하며
더 강해지도록

나를 태우는 촛불이 되리라
흐르는 눈물 더 뜨겁게 뜨겁게

고운 인연

고운 인연은
따스하게 다가온다

거짓 없고
진실 되게
이쁘게
곱게도
스며드는 인연

고운 인연
나 먼저
맑아지고 따스하면

초록의 희망으로
새싹처럼 오시려나

푸른 바다처럼
등대 되어 오실까

순수하고 맑은
아이처럼 티 없는
고운 인연
만나고 싶다

도시 탈출

허기진 희망이
배고픔 달래려
하루를 서성인다

내리쬐는 뙤약볕
타들어가는 심장

마음 둘 곳 하나 없는
콘크리트 도시의 삶

같은 하늘
같은 태양 아래

꿈들은 자꾸만
도시를 탈출하려 한다

자유로운 꿈
더 이상 병들지 않게

성스런 아침

희망을 여는 아침은
늘 성스럽다

모두의 꿈들이 깨어나
하루를 열어

자
오늘도 힘차게 출발이다

행복을 찾기 위한
하루의 보물찾기

오늘은 어떤 보물이
우리를 설레게 할까

희망이 있는 사람은
그래서 행복하다

높은 곳에서
더 많은 것을 보고

낮은 곳에서
작은 꿈들 밟히지 않게
겸손하고 따스하게 살아야지

손과 발

손이 자랑을 한다
손가락에
가락지 끼워져 호강한다고

금반지, 은반지
다이아몬드, 루비
비취, 사파이어
청옥, 백옥, 황옥
오팔…

화려하고 찬란하게
좋은 것
맛있는 것

다 손이 있어 가능타
우쭐우쭐 뽐내며
거드름을 피운다

말없는 침묵의 발
빙그레 미소 지으며
너에게 말했지

그런데
그런데 말이야
내 발 더러워지면
누가 씻겨줄까?

폭염

우주의 노른자
지구가 달궈진다

둥근 불덩이
활활 타올라

의기양양
위풍당당
거드름 피우며
불꽃 레이저
지구를 데운다

아~~~
뜨겁다
끓는 청춘의 피처럼 뜨겁다

매미 소리조차 익어가고
민초들의 꿈까지 타들어 간다

익어가는 여름은
불꽃의 축제를 벌인다

이제 좀 쉬려므나

건강한 꿈

나는
늘
건강한 꿈을 꾼다

병들지 않고
아프지 않은
맑고 투명한
소박하고 따스한
건강한 꿈

시기도
욕심도
뽐냄도 없는

순수하고 해맑은
아이 같은
젖내 나는 꿈

그 꿈을 꾸며
행복한 오늘을 산다
설레는 내일을 꿈꾼다
그렇게 살고 싶다

사랑은 느끼는 것

그리움은
가슴으로 느낄 때
더 뜨겁게 다가오고

추억은
아픔까지도
그리움으로 남으며

사랑은
표현할 수 없는
안타까운 마음들
한 올 한 올 뜨개질 하여
하늘을 덮고 마음을 적시는 것

오늘도
바람이 들려주는
그리운 추억으로
사랑을 느낀다

좋은 생각

하늘이 밉다고
투정하다가

푸른 하늘 올려보니
바람과 구름이
평화롭게 가더라

시련도 고통도
상처도 아픔도
저렇게 가겠지

가난한 마음
좋은 생각
잠에서 깨어나
참선을 한다

검은 마음의 커튼
말없이 조용히 떠나거라

한때는 너도
소중한 벗이었기에
아픔과 상처의
회초리는 들지 않으마

아파도
좋은 생각 품고 사는
그런 내가 되고 싶어라

꿈 찾기

분주히 어디론가
오고 가는 사람들

어떤 하루
농사 지으며 살아갈까

어떤 꿈 생각하며
가슴을 채울까

구름도 오늘은
하얗게 흐르고

꿈은 깔깔대며
숨바꼭질하자 하네

물처럼 흐르며

깨끗하진 못하여도
흔들리는 나를
세우고 보듬으며

세월을 껴안고
희망을 등에 업고
하루라는 친구와
동행을 한다

오늘도
많은 일들이 다가와
잔치를 벌이겠지

큰 꿈만 꾸다
소중한 작은 꿈
잊을까 두려워
작은 꿈 가슴에 담는다

방긋 웃어주는
아침 햇살이
한없이 고맙다

소유하려 하지 않고
물처럼 흐르며 살아야지

초저녁

푸른 하늘
하얀 구름
평화롭게 흐르고

붉은 태양 하얗게
어둠으로 저문다

어둑어둑 어둠이
저만치 온다

불어오는 바람아
작은 별 데려와

어두운 내 마음
환하게 비춰주렴

뚜벅뚜벅
집으로 가는 발걸음

그래도
힘차고 씩씩하다
오늘이 감사하다

자연은 천사

정직하다
순수하다
꾸밈이 없다
값없이 모두 준다
불평하지 않는다
약속을 반드시 지킨다
희망을 준다
아파도 울지 않는다
사랑을 값없이 나눈다
엄마 품처럼 따스하고 포근하다
아빠처럼 우직하고 듬직하다
침묵으로 노래하고 넓은 가슴으로
따스하게 품어주는
이런 천사 같은 자연이 나는 참 좋다
나도 그랬음 좋겠다

나의 노래

아프다 말하면
네가 가슴 아파해
차마 말 못 하고

오늘이라는
삶의 치열한 현장에서
나는 노래를 부르리

듣는 이
들어주는 이 없어도

나의 노래
하루를 널뛰며
풍악을 울린다

바람아 불어라
침묵아
아플 땐 소리 내어 울어라

오늘의 불꽃 태워
나는 내일을 밝힌다

호기심 천국

길을 다니다 보면
모든 것들이 궁금하다

저 많은 사람들
어떤 꿈들을 먹고 살까

푸른 하늘 속에는
우리들의 어떤 사연들이
촘촘히 숨겨져 있을까

바람은
구름은
떠돌며 그 비밀 알고 있겠지

세상은
호기심 천국

알 수 없는 수수께끼
상상의 세계
무한한 가능성의 바다

태풍의 채찍

오늘을 살면서
내일을 걱정 말자

마음의 근심
가슴에 키우지 말고

내일 뜨는 태양 아래
또 다른 도전과 희망
가슴에 허락하자

기우는 인생 말고
채워지는 삶을 살자

불평과 낙심 비우고
푸른 꿈과 희망을 채우자

태풍의 채찍도
알고 보면
견디고 이겨내
다시 일어서라는
희망의 회초리

떠오르는 태양 앞에
당당한 내가 되자
행복한 우리 되자

같이 함께

같은 지구 별
같은 하늘 아래
같은 세월 속에
같은 시간에서
각자의 꿈을 꾸며
희망을 키워가는 우리들

사는 모습은 달라도
우리는 모두 하나
가장 낮은 곳에서
가장 높은 울림으로

맑은 시냇물 되자
높고 푸른 하늘 되자
깊고 넓은 바다 되자

뇌물

가을이 품어
애지 중지 키워낸

황금빛 들녘
토실토실 알밤
붉게 물든 단풍
사이좋게 익어간
온갖 오곡백과

맛깔나게 비벼서
보름달 떠올라
우리 소원 들어줄 때

지친 우리들
힘들지 않게
어여삐 여기시라
뇌물 한번 써야겠네

모두 다
평화롭고 행복하게
푸른 꿈들 다치지 않도록

외톨이

파도가 밀려와
바위를 부수고
세월을 때린다

허전함일까
아님
아파서 일까

벌컥벌컥
추억과 그리움 마셔
취하고 싶다

푸른 산
맑은 물
아름다운 강산

나를 위해 준비된
선물이라 하지만

쓸쓸한 맘
가끔은 외톨이가 된다
아니
그러고 싶다

오늘도
내가 되기 위하여
나는
껍질을 벗는다

뜨락

마음의 뜨락에
소담스런
정원을 만든다

들풀과 들꽃도 초대하고
잡초와 풀꽃도 외롭지 않게

아침 이슬 보내어
꽃잎 타고 오게 해야지

뜨락의 예쁜 정원
지친 마음 한 조각 한 조각
희망 퍼즐 맞추며

꿈을 노래한다
희망을 그린다
행복이 웃는다

새벽

하루가
잠에서 깨어나는
성스러운 새벽은

하얗다 못해
깨끗하고 순결한
평화의 바다

출발하고
시작하는
오늘이라는 시발점

꿈꾸는
선량한 모든 이들에게
축복 있으라

우리는
소중한 존재
선택받은 사람들

자~~~
힘차게 출발이다

꽃들아 나무야

꽃들아
필 때는
아프지 말고
피어라

나무야
힘들 땐
앉아서 크거라

하늘 비 오시어
촉촉이 사랑하게

환하게 피는 꽃
내일이 있고

나무는
나무는
생명의 아버지

쥐었다 손 펴면
사라질 아픔아

불어오는 소슬바람
하루가 감사하다

가을연가

그 무더운 여름
말없이 아파하며
견뎌내더니

그 시련
이토록 아름답게
알록달록 화장을 한다

넓은 가슴으로
생명의 양식
소리 없이 키워낸
착한 가을아

곱고 고운
이쁜 너에게
나는
고개를 숙인다

어여쁜 색시야
수줍은
붉게 물든 가을아

그런 네가
나는 시리게 좋구나
깊어가는 가을아
사랑의 노래야

아름다운 삶

시간이
내가 살아있음을
가슴으로 느끼게 하고

하루가
내가 꿈꿔야 할
이유를 말해주며

내일이
오늘의 나
배움 하게 만들고

세월이
부족한 나
어른으로 만들고
철들게 한다

어찌하여
삶은 이토록
처절하게
아름다운 것일까

희망의 오늘

동트는 새벽의
밝아오는 아침은

오늘을 살아가는
하늘이 우리에게 주신
고귀한 선물

처음 마음으로
미래를 그리는
희망의 오늘

작은 꿈들이 꿈틀대고
모락모락 피어나는 희망
함께 손잡고 노래하는
오늘은
그래서 감사하다

작은 꿈들아
푸른 희망아
오늘도 건강하게
무럭무럭 자라거라

꽃의 미소

바람이
오는 소리

마음에
향기가 날아와
사뿐히 앉으면

꽃 한 송이
수줍은 듯 피어나

지친 마음 달래주는
하늘의 자장가 된다

바라만 보아도
그저 좋은

미소 짓는
수줍고 따뜻한 향기야
예쁜 마음의 노래야

걸어서 하늘까지

고운 햇살
높고 푸른 하늘
무르익는 가을처럼

따뜻한 마음과
따스한 눈물을
곱게 배우고 싶다

밤 하늘의
달과 별은
왜
홀로 외로이
빛을 발할까

시리도록
파란 저 하늘

걸어서 간다면
얼마나 걸릴까

아이처럼
아이 같은 호기심으로

나는
그렇게
오늘을 산다

가을의 푸른 꿈들아

곱게 화장한
단풍으로 물든
예쁜 가을이

오늘도
울긋불긋
고운 꽃길 만들어
하루를 초대한다

열심히
정직하게 땀 흘리는
민초들의
푸른 꿈들이여

아프지 말고
오늘도
마음껏 춤춰라
하늘 높이 크거라

마음의 망원경

작은 것
크게 보여

아픈 상처
도려낼 수 있다면

멀리 있는 곳
가깝게 보여

더 가까이
다가갈 수 있다면

상처 난 곳
멀리 있는 것

치료하고
따스하게 품을 수
있을 것 같다

하늘은
우리들에게

좀 더
멀리 바라보라

마음의 망원경
허락하셨다

단풍

곱기도 하여라
익어간 잎새야

무지개 수놓아
곱게 물들면

겨울님
오시기 전

너는
곱게 비단 길
시리도록 깔아 놓고

바람 타고 떠날
꽃 한 송이

많이도 아팠구나
곱게 늙었구나
가을의 손님아

하루를 넘어

가시는
상처는
품어 안고 살 때
더 아프다

하루 지나고
또 다른 하루
말없이 찾아와

방울 방울
하루의 꿈
풀어 놓고
숨바꼭질하자 한다

꿈을 찾아
이슬 같은 땀방울
가슴으로 먹고

별 헤아리는 까만 밤
집으로 가는 발걸음
삶의 고독한 파도 되어
하루를 넘는다

사랑에 빠진다

슬퍼도
울지 않는
눈물을 배워라

속울음 울어도
이 아름다운 세상

미워하기엔
너무나 소중하고
가슴 뜨거운 삶이 아니던가

돌이킬 수 없는
시리도록 처절한
우리들의
아름다운 이야기들

일어나
다시 사랑하라
다시 사랑에 빠져라
가장 인간적인 나에게로

고마운 선물

보고파 그리워
가슴 터지는

그런
그리운 사람 되자

그리워할 수 있고
사랑할 수 있는

따뜻한 마음
허락해 준

고마운 선물이
왜 이리
시리도록 고마울까

더 깊이
익어가며 낮아져야지

가을이 시리다

가을이 시리다
스치는 바람
떨어지는 낙엽
붉게 물드는 단풍잎

찬서리 내리면
세상은
하얀 옷으로
세월과 시간을
하얗게 얼려가리라

오고 가고
가고 오는
계절과 세월 속에
저무는 이 가을

사랑 한 잎
추억과 또 그리움

따스한 모닥불 지피며
아득한 자장가 되어
우리들 토닥이겠지

아~~~
떠나갈 가을이 시리다
떠나는 가을이
벌써부터 그립다

희망 염색

파도가
바람을 타고

드넓은 세상
여행을 한다

지치고 우울한 세상
신명 나게
꽃노래 부르며

상처 입은 영혼
어루만지고 토닥여

파랗게
희망으로 물들여 주자

우리 모두 살맛 나게
우리 함께 행복하게

아픈 사랑

가을이 떠난 자리
자연의 섭리 따라
겨울 님 오시어
칼바람 앞에 서라 합니다

미워서가 아닙니다
삭풍이 몰아쳐도
더 단단해져
찬란한 봄 피우라
아픈 사랑을 내어 주십니다

사랑하는 마음은
때로는 눈물 흘리며
고통과 시련
아픔과 절망을
함께 주시는 아픈 사랑인가 봅니다

이겨내
더 찬란히 꽃 피우라고
가슴으로 느끼어
진정한 삶을 배움 하라고

떠나는 가을아 안녕

차가운
달그림자

겨울 아이 데려와
새벽을 깨운다

아쉬움 뒤로한 채
떠나는 가을아

짧은 행복의 추억
겨울 아이에게 들려주마

순백의 겨울
눈의 요정 오시면

그 품에 안기어
그리운 너
추억 속에 뛰놀게 하리라

안녕
사랑스런 꽃이여
어여쁜 신부야

시인의 꽃별

그리울
떠나는
가을을 주워

나는
책갈피에 곱게
가을을 담습니다

언제나
그 자리에 있어줘
고마운 가을입니다

넉넉한 황금빛 들판
짱아의 노래
토실토실 알밤
코스모스 해바라기의 미소

그리운 추억들
수고했으니
자장가 불러
쌔근쌔근 재워주렵니다

삶의 책갈피에
그리움 물들어
가을 향기
시인의 꽃별이 됩니다

정답

꿈을 실은 작은 배
잠시 머물다
긴 여행 떠나는
바람 같은 방랑자

풀잎처럼 살며
우리
사랑받으며 살아보자

희망 노 저어
거친 파도 헤치고

정답을 찾으려 말고
자신을 격려하자
서로를 축복하자

모든 건
바로
내 안에 있다

말

사람의
입에서 태어나

형체도 없이
천 리
만 리를 달리며

빛보다 빠르게
가슴을 파고들어

희망과 용기
좌절과 분노를
끊임없이 생산하고

호흡처럼
우리 곁을 맴돌며
일생을 함께 한다

이왕이면
꽃이 되어
향기 전하는

우리 모두의
그리운 친구가 되어라

생명 꽃

바람 앞에 촛불 되어
비바람 막아 줄
어느 것 하나 없는
삶이라는 드넓은 광야에

알몸으로 태어나
꽃 피우고 열매 맺으라
작은 생명으로
이슬처럼 태어나
순간을 살다가는 우리들

어깨에 짊어진
무거운 짐 아닌
등으로 따듯이 업어
토닥이고 보듬어 꽃을 피우자

희망과 꿈을 품은 생명 꽃
우리는
그 소중한 꽃
이렇게 가슴에 따스히 품으며 산다

잊지 말아야 하리라
삭풍이 불어도 칼바람 맞으며
이겨내고 극복하여
슬프도록 아름다운
고운 꽃 피워야 한다는 걸

내가 웃으니, 꽃도 웃더라

박진표 제5시집

2024년 7월 29일 초판 1쇄
2024년 7월 31일 발행
지 은 이 : 박진표
펴 낸 이 : 김락호
디자인 편집 : 이은희
기 획 : 시사랑음악사랑
연 락 처 : 1899-1341
홈페이지 주소 : www.poemmusic.net
E-Mail : poemarts@hanmail.net

정가 : 10,000원
ISBN : 979-11-6284-540-0